Groupe d'édition la courte échelle inc.
Division la courte échelle
4388, rue Saint-Denis, bureau 315
Montréal (Québec) H2J 2L1
www.courteechelle.com

Correction: Marie Pigeon Labrecque
Infographie: Catherine Charbonneau

L'édition originale de ce livre est parue en 2017
aux éditions Les fourmis rouges, à Montreuil, France.

Dépôt légal, 2018
Bibliothèque nationale du Québec

Le Groupe d'édition la courte échelle reconnaît l'aide financière du gouvernement du Canada
pour ses activités d'édition. Le Groupe d'édition la courte échelle est aussi inscrit au programme
de subvention globale du Conseil des arts du Canada et reçoit l'appui du gouvernement du Québec
par l'intermédiaire de la SODEC.

Le Groupe d'édition la courte échelle bénéficie également du Programme de crédit d'impôt
pour l'édition de livres — Gestion SODEC — du gouvernement du Québec.

Financé par le
gouvernement
du Canada | Canadä

Données de catalogage disponibles sur le site de Bibliothèque et Archives nationales du Québec

Gravel, Elise, auteur

    La tribu qui pue / Elise Gravel ; illustrations, Magali Le Huche.

    Édition originale : [Montreuil] : Les Fourmis Rouges, 2017.
    Public cible : Pour enfants de 4 ans et plus.

    ISBN 978-2-89774-154-9

    I. Le Huche, Magali, 1979-, illustrateur. II. Titre.

PS8563.R387T74 2018   jC843'.6   C2017-942640-0
PS9563.R387T74 2018

Imprimé au Canada

LA TRIBU QUI PUE

Texte
d'Elise Gravel

Illustrations
de Magali Le Huche

la courte échelle

Tu connais les enfants de la Tribu qui pue?

Ils vivent dans les bois, de l'autre côté de la montagne des Grands-Pins.
Tu sais, près de la carcasse de l'avion qui s'est écrasé en 1938.

Ils ont un campement très chouette, composé de petites cabanes de branches dans les arbres qui ressemblent à des nids d'oiseaux. Ils n'ont pas besoin d'adultes: ils sont super débrouillards!

Regarde: les grands savent pêcher, et les plus petits cueillent des baies et des têtes de violon. Ils savent faire des feux, trouver des sources d'eau potable et s'orienter grâce aux étoiles.

Ils récupèrent les déchets que les imbéciles du village jettent dans la rivière: ils se font des ballons de soccer avec des sacs d'oignons remplis de feuilles mortes...

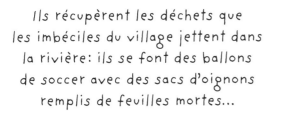

... des casseroles avec des boîtes de conserve, et ils apprennent à lire en déchiffrant les ingrédients sur les sacs de chips.

Le reste des déchets, ils le mettent dans une espèce de grand trou qu'ils appellent «le dépotoir». C'est aussi ce trou qui leur sert de, hum, de toilettes, tu vois?

Les enfants de la Tribu qui pue ne prennent jamais de bain, c'est pour ça qu'on les appelle comme ça, mais on s'en fout un peu, qu'ils puent, parce que personne n'est là pour les sentir à part les animaux.

D'ailleurs, les animaux, c'est leurs copains. Ce grand garçon aux cheveux rouges, Laurent qu'il s'appelle, il a apprivoisé deux renards.

Et Lucie, là, avec les tresses: elle a toujours une couleuvre sur l'épaule. T'as déjà senti une couleuvre? Ça pue encore plus qu'un enfant sale.

La chef de la tribu,
c'est cette toute petite fille,
Fanette Ducoup.

Elle a l'air de rien comme ça, mais c'est
grâce à elle si les enfants de la Tribu qui pue
sont toujours là au moment où on se parle.
C'est elle qui a empêché Yvonne Carré de
les capturer il y a quelques années.

Parce que les enfants de la Tribu qui pue n'ont pas toujours été tranquilles comme maintenant. Il y a quatre ans, ils n'étaient pas tranquilles du tout, les pauvres.

C'est à cause d'Yvonne Carré, comme je te l'ai déjà dit. Yvonne Carré, c'était la directrice de l'orphelinat du village. Son orphelinat était tout propre, tout neuf, avec une immense salle de bain et une grande salle de classe où s'alignaient des rangées parfaites de pupitres immaculés.

Elle avait aussi un sombre cachot
où mettre les enfants punis.

Yvonne Carré DÉTESTAIT les enfants
qui ne se comportaient pas parfaitement.
Et encore plus les enfants sales.

Le problème d'Yvonne, c'est que son orphelinat était vide.
Il était vide parce que tous les orphelins vivaient tranquilles
dans les bois. Yvonne Carré n'avait personne à punir.

Yvonne Carré rêvait de capturer les enfants
de la Tribu qui pue pour les installer dans son
bel orphelinat. Elle ne supportait pas que
des enfants vivent comme ça, libres et crottés.

Elle avait convaincu les autres adultes du village qu'il
fallait attraper la Tribu qui pue, laver les enfants,
les habiller, leur couper les ongles, les envoyer
à l'école et leur apprendre les bonnes manières.

Elle avait même construit une énorme machine à laver.
Ce n'était pas une machine à laver ordinaire: c'était une machine
à laver les enfants sales. Elle avait passé des nuits entières à
construire sa machine et à rêver à tous les gamins qu'elle allait
mettre dedans. Ne lui restait plus qu'à capturer les petits,
et pour ça, elle avait eu plusieurs idées.

Une fois, elle avait tenté de piéger les enfants. Elle avait acheté de jolis jouets à la boutique de Mme Cheval, et les avait placés au fond de la machine à laver.

Elle avait prévu que les enfants s'approcheraient et y entreraient, puis qu'elle refermerait ensuite la porte très vite derrière eux.

Mais ça n'avait pas marché puisque les enfants ne s'intéressaient pas du tout aux jouets. Leur ballon de soccer en sac d'oignons leur suffisait.

Jusqu'au jour où Yvonne Carré eut une idée encore plus diabolique. Elle savait que les enfants ne pouvaient pas résister aux fêtes avec des bonbons et du gâteau. Elle avait donc acheté, chez M. Ducoin, l'épicier, des montagnes de friandises.

Elle avait ajouté de la pizza de chez Gustavo Pizza, des chips et des sandwiches en triangle avec des petits cornichons. Et elle avait préparé elle-même un gigantesque gâteau au chocolat, avec plein de glaçage et des figurines Pokémon sur le dessus.

Elle avait placé le tout sur une longue table dans la grande salle de l'orphelinat, et elle avait loué un poney qui s'appelait Robert. Parce que s'il y a un truc que les enfants aiment encore plus que le gâteau, c'est les poneys.

Oh, une fête ! Ça sent bon.

On y va ? Regardez, il y a un poney ! On pourra peut-être faire un tour !

Vous ne trouvez pas que c'est étrange, cette fête ? C'est la première fois qu'Yvonne Carré fait une fête. Ce n'est pas son genre.

Et c'est quoi, cette grosse machine dans l'orphelinat ?

Mais les autres enfants ne purent pas résister. L'odeur de pizza était trop tentante. Comme Yvonne Carré l'avait prévu, ils gambadèrent tous jusqu'à l'orphelinat. Sauf Fanette, qui resta dans l'arbre pour bouder.

Et que penses-tu qu'il arriva aux autres enfants?

Eh oui, ils firent la fête. Mais pendant qu'ils se bourraient de petits sandwiches en triangle, Yvonne Carré verrouilla la porte derrière eux. Ils n'avaient même pas eu le temps de goûter au gâteau.

Yvonne Carré jubilait. Elle allait enfin pouvoir laver,
coiffer, habiller et asseoir les enfants de la Tribu qui pue
et en faire de bons petits élèves bien propres et bien sages.

Pendant ce temps, Fanette Ducoup s'ennuyait ferme, toute seule sur sa branche.

Fanette sentait qu'il se passait quelque chose de louche. Elle n'aimait pas du tout Yvonne Carré.

Tranquillement, Fanette s'approcha de l'orphelinat, et elle découvrit que la porte était verrouillée.

Fanette grimpa à la fenêtre. Ce qu'elle y vit lui glaça le sang.

Fanette était peut-être toute petite, mais elle avait un cerveau de formule 1.

Elle galopa jusqu'au camp et creusa un immense trou au milieu du sentier,
qu'elle recouvrit de branchettes.

Puis, elle se roula dans la boue, emplit un sac de gros cailloux et retourna à l'orphelinat.
Elle monta sur le rebord de la fenêtre et se mit à faire des grimaces.

Mais Fanette ouvrit la porte de la machine,
s'installa elle-même dedans.

Yvonne mit la machine en marche. Ce n'était pas si désagréable: c'était un peu
comme un manège, avec de la mousse en plus. Fanette sortit un à un les cailloux de son sac.

Et c'est ce qui arriva à la machine d'Yvonne.

BOUM! BANG! CLANG!
La machine se mit à fuir de partout,
et la porte s'ouvrit avec fracas.

CHAMPAGNE-MOUTO

Les enfants en sortirent en courant.
Fanette se précipita vers Robert le poney, qu'elle détacha.
— Vite, montez! hurla-t-elle aux autres enfants.

Le poney s'élança avec toute la tribu sur son dos.
(C'était un poney très costaud.)
— Allez, Robert, au campement! cria Fanette.
— Au secours! s'époumonait la directrice. Les enfants
s'évadent! Les adultes, aidez-moi! Il faut les rattraper!

Aussitôt, les villageois se mirent
à poursuivre le poney.

Une fois arrivée au bord du trou qu'elle avait
creusé au milieu du sentier, Fanette tira les rênes
de Robert, qui sauta par-dessus le piège.

Mais pas les adultes, qui tombèrent dedans. Ils étaient prisonniers à leur tour.

Fanette donna trois coups sur une bûche avec un bâton.

Incroyable, tout de même! Et pour manger, comment vous faites?

Ben, on cueille des fruits, et on pêche! T'as vu la grande truite que Lucie a attrapée ce matin?

M. Ducoin et Mme Cheval étaient épatés. Il faut dire que c'était une truite de trois kilos! Yvonne Carré, elle, n'avait pas l'air contente du tout.

Oh et puis, ce procès est ridicule. Détachez-nous tout de suite. Les enfants ne doivent pas argumenter avec les adultes. Les adultes ont toujours raison, c'est tout. Vous viendrez à l'école comme tous les autres enfants, point à la ligne.

N'est-ce pas, Madame Cheval, Monsieur Ducoin, Monsieur Gustavo?

Dites quelque chose, les adultes, bon sang! Les grandes personnes ont raison, oui ou crotte?

M. Ducoin regardait par terre. Mme Cheval faisait mine d'observer une fourmi
sur son pantalon. M. Gustavo se curait les ongles.
Fanette Ducoup frappa sur la bûche avec sa branche.
— Les deux côtés ont présenté leurs arguments, dit-elle. Le jury, c'est tout le monde ici.
Tout le monde, levez la main si vous trouvez que les adultes ont raison.

Personne ne leva la main, sauf évidemment Yvonne Carré.
— Maintenant, ceux et celles qui trouvent que les enfants ont raison, demanda Fanette.

Tout le monde leva la main. Y compris M. Ducoin, Mme Cheval
et M. Gustavo. Et même la couleuvre, qui n'avait pas de pattes.
— Bon, alors c'est réglé, dit Fanette. Je déclare les adultes coupables d'être embêtants.
Comme punition, on va vous jeter dans le dépotoir, et ensuite on va manger votre gâteau.

Yvonne Carré était toute rouge. Elle avait presque de la fumée qui lui sortait par le nez.

C'EST PAS JUSTE!

VOUS FAITES TOUJOURS TOUT CE QUE VOUS VOULEZ. TOUT CE QUE VOUS FAITES, C'EST VOUS AMUSER! C'EST TOUJOURS LA FÊTE DANS CETTE FORÊT!

ET QUI SE TAPE TOUT LE TRAVAIL? HEIN?

QUI DOIT TOUJOURS ÊTRE PROPRE ET BIEN HABILLÉE, HEIN?

Les enfants regardaient Yvonne, étonnés.
Yvonne se mit à pleurer.

BOUHOUHOUUUUU

ET PUIS VOUS AVEZ BRISÉ MA MACHIIIINE! ÇA M'AVAIT PRIS DES JOURS À LA CONSTRUIRE.

Ce n'est pas drôle, hein, d'être une adulte?

Vous savez, Madame Carré, vous pouvez venir jouer au soccer avec nous, de temps en temps. Ça vous ferait du bien, de vous salir un peu.

Lucie, qui n'avait jamais vu un adulte pleurer, s'approcha et lui offrit sa grosse truite de trois kilos. Laurent lui tendit un bout de gâteau.

Yvonne Carré renifla, décroisa les bras, et accepta le bout de gâteau.

On ne la jeta pas au dépotoir, finalement. Les enfants avaient bon cœur.

Et c'est comme ça que la Tribu qui pue a regagné sa liberté. Tu sais qu'ils vivent toujours dans les bois, de l'autre côté de la montagne des Grands-Pins? On ne les voit pas souvent: ils sont très bien tout seuls.

De temps à autre, ils acceptent la visite de leurs copains les adultes,
Yvonne Carré, M. Ducoin, M. Gustavo et Mme Cheval. Surtout s'ils leur préparent
un bon gâteau au chocolat avec des framboises et des figurines Pokémon dessus.

BAIN DE BOUE
RÉSERVÉ AUX ADULTES
→